Livro de receitas de Anne de Green Gables

Livro de receitas de Anne de Green Gables

*Receitas encantadoras
de Anne e seus amigos de Avonlea*

Kate Macdonald
E L.M. MONTGOMERY

Belas Letras

Textos © 1985 e 2017 de Kate Macdonald
Capa e ilustrações do miolo © 2017 por Flora Waycott
Fotos da Ilha do Príncipe Eduardo © Shutterstock e Alamy
Ilustrações de flores cortesia da Dover Publications
L. M. Montgomery é uma marca registrada de Heirs of L. M. Montgomery.
Anne of Green Gables e outras marcas de Anne são marcas registradas e marcas oficiais canadenses da Anne of Green Gables Licensing Authority Inc.

Publicado originalmente em 2017 por Race Point Publishing, uma empresa de The Quarto Group.
Publicado com permissão de Heirs of L.M. Montgomery Inc.
Esta é uma edição revisada e expandida de *The Anne of Green Gables Cookbook* publicado em 1985 pela Oxford University Press.

Nenhuma parte desta publicação pode ser reproduzida, armazenada ou transmitida para fins comerciais sem a permissão do editor. Você não precisa pedir nenhuma autorização, no entanto, para compartilhar pequenos trechos ou reproduções das páginas nas suas redes sociais, para divulgar a capa, nem para contar para seus amigos como este livro é incrível (e como somos modestos).

Este livro é resultado de um trabalho feito com muito amor, diversão e gente finice pelas seguintes pessoas:
Gustavo Guertler (*publisher*), Fernanda Scherer (coordenação editorial), Lúcia Brito (revisão), Celso Orlandin Jr. (adaptação da capa e diagramação) e Caroline Caires Coelho (tradução)

Jeannine Dillon (diretora editorial), Merideth Harte (diretora de criação), Erin Canning (gerente editorial), Evi Abeler (fotografia), Michaela Hayes (produtora de pratos), Alyssa Kondracki (assistente de fotografia e de produção de pratos), Merideth Harte (design de capa e miolo) e Karen Smith-Canning (decoração)

Obrigado, amigos.

2021
Todos os direitos desta edição reservados à
Editora Belas Letras Ltda.
Rua Antônio Corsetti, 221 – Bairro Cinquentenário
CEP 95012-080 – Caxias do Sul – RS
www.belasletras.com.br

Impresso na China

Dados Internacionais de Catalogação na Fonte (CIP)
Biblioteca Pública Municipal Dr. Demetrio Niederauer
Caxias do Sul, RS

M135l   Macdonald, Kate
        Livro de receitas de Anne de Green Gables: receitas encantadoras de Anne e seus amigos de Avonlea / Kate Macdonald; ilustradora: Flora Waycott; tradutora: Carolina Caires Coelho.
        - Caxias do Sul, RS : Belas Letras, 2021.
           112 p.: il.

        Título original: The Anne of Green Gables cookbook : charming recipes from Anne and her friends in Avonlea
        ISBN: 978-65-5537-085-0

        1. Receitas culinárias. I. Waycott, Flora. II. Coelho, Carolina Caires. III. Título.

21/30   CDU 641.55

Catalogação elaborada por Vanessa Pinent, CRB-10/1297

Em memória de minha mãe e meu pai.

Sumário

Introdução 11
Dicas de culinária 15
Termos de culinária 16

RECEITAS DE *ANNE DE GREEN GABLES*

Bolinhos de maçã fofinhos. 21
Caramelos de chocolate 22
Suflê de milho ensolarado 25
Sorvete de baunilha leve e cremoso 26
Tortinhas de framboesa fascinantes. 29
Jantar apressado do Gilbert 33
Biscoito de gengibre marítimo 35
Refresco de framboesa preferido da Diana Barry 36
Sobremesa de passas da Marilla 39
Bolo de chocolate do gnomo 43
Bolo de linimento da Anne 46
Macarrão de forno da senhorita Stacy. 51
Biscoitos rubros para o chá da tarde. 52
Tomates fatiados White Sands. 56
Sanduíche gostoso de pão biscuit do Matthew Cuthbert 59

RECEITAS DE *ANNE DE AVONLEA*

Carinhas de macaco de Davy e Dora. 63
Sanduíches de salada de ovos poéticos 64
Limonada à moda antiga 66
Salada de alface esplêndida 69
Frango picante. 71
Sopa de legumes espessa e cremosa 72
Barquinhas de pepino 75
Biscoito amanteigado delicioso da senhora Irving 76
Sobremesa de caramelo cremosa 79

RECEITAS DE *ANNE DE WINDY POPLARS*

Bolo de libra da senhorita Ellen 82
Macaroons de coco 85
Bolo dos anjos com laranja 86

RECEITAS DA COZINHA DE L. M. MONTGOMERY

Bolinhos de peixe North Shore da Rachel Lynde 92
Batatas-doces de fogo e orvalho 95
Torta do pastor de ovelhas de Green Gables 96
Ketchup Cavendish 98

Agradecimentos 105
Sobre a autora 107
Sobre L. M. Montgomery 109
Índice 110

Introdução

Marilla tem razão, é preciso manter a calma na cozinha. Anne tornou-se uma boa cozinheira seguindo esse conselho de Marilla, e você também pode. Lendo as receitas com atenção e seguindo as instruções, você conseguirá preparar pratos deliciosos para você, seus amigos e sua família.

Fique atento e tenha em mente as seguintes sugestões antes de começar:

- Converse com os adultos da casa para ter certeza de que você usará a cozinha em um momento conveniente.

- Alguns utensílios da cozinha podem ser perigosos se usados de modo inadequado. Se você não souber usar um equipamento, peça ajuda a seus pais ou a alguém com experiência.

- Leia a receita duas ou três vezes antes de começar, para ter certeza de que entendeu o que precisa ser feito. Se não conseguir entender alguma coisa, não tenha medo de perguntar.

- Sempre comece lavando as mãos.

Agora você está pronto para começar. É uma boa ideia reunir todos os utensílios e ingredientes antes de começar a cozinhar. Desse modo, você não terá que parar no meio para procurar alguma coisa.

Há explicações sobre termos de culinária e algumas dicas úteis de cozinha nas páginas 15 e 16, e as receitas são organizadas para tornar fácil o ato de cozinhar. Não há segredo para ser um bom cozinheiro se você fizer o que a receita diz. Sei que todas as receitas funcionam porque as testei. São todas deliciosas, então tenho certeza de que o que você experimentar ficará ótimo.

Quando essa coleção original de receitas foi publicada pela primeira vez em 1985, eu ainda não tinha filhos. Agora compreendo como é prazeroso servir alimentos bons e saborosos. As receitas da coleção original foram inspiradas por trechos dos livros de Anne, principalmente *Anne de Green Gables*, *Anne de Avonlea* e *Anne de Windy Poplars*. Essas receitas foram incluídas aqui juntamente com onze novas, algumas inspiradas pelos livros que mencionei e outras da cozinha da própria L. M. Montgomery. Ela era minha avó e adorava cozinhar. Eu adaptei suas receitas para deixá-las mais fáceis para você.

Minha avó também gostava de cozinhar para a família, e, de acordo com meu pai, Stuart, era uma cozinheira sensacional. Quando não estava muito ocupada escrevendo, gostava muito de preparar quitutes deliciosos para o marido, Ewan, e os dois filhos, Stuart e Chester.

Aqui estão algumas dicas de segurança das quais você deve se lembrar:

- Ao usar descascadores e facas, sempre corte para longe de você, a fim de não cortar as mãos.
- Ao usar panelas com cabo, sempre vire os cabos para o fogão, para que ninguém esbarre neles e entorne o conteúdo quente.
- Sempre lembre-se de desligar o fogão quando terminar.

Por último, mas não menos importante: se quiser ser bem-vindo na cozinha, não se esqueça de deixá-la como a encontrou. Mantenha as superfícies de trabalho limpas para poder ver o que está fazendo! Limpe os respingos enquanto cozinha. E, enquanto estiver esperando algo assar ou cozinhar, uma boa ideia é lavar os pratos que já usou. Assim, você não terá um trabalhão no fim. Meu pai dizia: "Limpe enquanto cozinha, Katie". Se você mantiver essas sugestões e dicas em mente e se lembrar do que Marilla disse, vai se tornar um cozinheiro tão bom quanto Anne se tornou. E vai se divertir muito agradando a seus amigos e familiares por anos e anos.

Bom apetite!

Dicas de culinária

Para começar
- Leia a receita 2 ou 3 vezes.

- Reúna todos os ingredientes e utensílios. Algumas receitas têm uma seção chamada "Você vai precisar de", que relaciona os utensílios especiais necessários para a receita.

- Tenha um espaço de trabalho limpo e organizado, assim como as mãos limpas.

- Lave tudo antes de usar.

- Converse com um adulto sobre qualquer dúvida que você possa ter.

Ovos
Acrescentar ovos: Ao acrescentar ovos a qualquer receita, primeiro quebre-os em uma tigela à parte. Se um pouco de casca cair ali dentro, você pode retirá-la com facilidade – de modo que não acabe na receita!

Separar ovos: Para separar ovos, use 2 tigelas pequenas. Quebre o ovo na borda de uma das tigelas. Abra a casca e contenha a gema em uma das metades da casca. Deixe a clara escorrer para uma tigela, a seguir transfira a gema para a outra metade da casca. Deixe o resto da clara escorrer para a tigela. Coloque a gema na segunda tigela.

Rechear e cobrir
Ao rechear um bolo, sempre coloque a massa da base invertida, com a parte de cima virada para baixo. Depois de rechear, coloque a camada superior — com o lado certo para cima — e espalhe a cobertura. Dessa forma, você terá 2 lados planos no meio do bolo — e assim a camada de cima não escorregará!

Medir
Manteiga ou gordura: Pressione-as com firmeza na xícara ou colher medidora até não restarem bolsas de ar.

Açúcar mascavo: Sempre comprima-o com firmeza na xícara ou colher medidora seca.

Farinha e ingredientes secos: Despeje-os com cuidado na xícara ou colher medidora seca, a seguir nivele com uma espátula de metal ou faca.

Ingredientes líquidos: Se estiver usando uma xícara medidora de líquidos, coloque-a na bancada e encha na quantidade necessária. Para conferir a medida, abaixe-se até seu olho ficar na mesma altura da marca da quantidade desejada.

Testar
Para testar se um bolo está pronto, insira um palito de dente no centro. Se ele sair limpo, está pronto. Se o bolo grudar no palito, feche a porta do forno e teste de novo em 5 minutos.

Termos de culinária

Ferver
Aquecer um líquido no fogão em fogo alto até borbulhar.

Bater em creme
Bater uma mistura de manteiga ou gordura e açúcar com uma batedeira ou mixer até ficar homogênea e cremosa.

Cortar a manteiga
Adicionar manteiga ou gordura a uma mistura de farinha e cortá-la com um misturador de massas ou com 2 facas até os pedaços da manteiga ficarem do tamanho requerido pela receita.

Enfarinhar
Para enfarinhar formas depois de untá-las, salpique um pouco de farinha nas formas e balance-as até toda a superfície ficar coberta. Remova qualquer excesso de farinha com sacudidelas.

Incorporar
Inserir delicadamente uma espátula de silicone na mistura, movê-la pelo fundo da tigela e depois para cima em um movimento circular. Virar a tigela e repetir até os ingredientes estarem delicadamente misturados.

Ralar
Raspar um ingrediente contra os furos de um ralador para produzir pedacinhos ou lascas.

Untar
Para untar uma forma ou prato de assar, segure um pedacinho de manteiga em um pedaço de papel-toalha ou papel-manteiga e esfregue a manteiga na parte interna da forma ou prato.

Amassar
Coloque as palmas das mãos na massa. Pressione a massa para baixo e para longe de você. Dobre a massa pela metade, pressione para baixo e para longe de novo, então vire ¼ da massa sobre si mesma a cada vez que pressionar, até todas as partes serem amassadas.

Escalfar
Cozinhar em líquido quente mantido um pouco abaixo do ponto de ebulição.

Pré-aquecer
Ligar o forno na temperatura determinada na receita. Deixar o forno alcançar essa temperatura antes de assar.

Peneirar
Para remover caroços, passe os ingredientes secos por uma peneira, depois meça a quantidade necessária.

Ferver em fogo brando
Cozinhar abaixo do ponto de ebulição. Algumas bolhas se formarão lentamente e estourarão antes de chegar ao topo.

Cozinhar no vapor
Cozinhar alimentos em uma grelha sobre água fervente dentro de uma panela.

RECEITAS DE
Anne de Green Gables

BOLINHOS DE MAÇÃ Fofinhos

Tempo de preparo: 30 minutos **Tempo total:** 1 hora e 10 minutos **Rendimento:** 6 bolinhos

> "A 'Avenida'... era um trecho da estrada com cerca de quatrocentos ou quinhentos metros de comprimento, totalmente coberto por um arco formado por macieiras enormes, que se estendiam amplamente, plantadas anos antes por um velho fazendeiro excêntrico. No alto, uma longa cobertura de alvas flores perfumadas. (...) 'Ela deveria se chamar... deixe-me pensar... Estrada Branca do Deleite.' "
> —Anne Shirley, capítulo 2

INGREDIENTES

Massa
1½ xícara (180 g) de farinha de trigo, mais um pouco para abrir a massa
3 colheres de chá de fermento em pó
½ colher de chá de sal
5 colheres de sopa (75 g) de manteiga
½ xícara (120 ml) de leite

Recheio
6 maçãs pequenas sem casca, sem sementes e fatiadas
6 colheres de chá de açúcar, mais um pouco para polvilhar
1½ xícara de chá de manteiga, mais um pouco para salpicar
Canela em pó para polvilhar

1. Pré-aqueça o forno a 200°C.

2. **Para fazer a massa:** Peneire a farinha, o fermento em pó e o sal em uma tigela de tamanho médio.

3. Misture a manteiga com os dedos até estar bem distribuída. Acrescente o leite para fazer uma massa macia.

4. Vire a massa em uma tábua levemente enfarinhada ou sobre uma bancada. Enfarinhe um rolo e abra a massa, deixando-a com cerca de 6 mm de espessura. Divida a massa em 6 partes iguais.

5. **Para fazer o recheio:** Coloque maçãs fatiadas em cada pedaço de massa, pressionando-as com cuidado, depois acrescente 1 colher de chá de açúcar e ¼ de colher de chá de manteiga.

6. Molhe os dedos em água, umedeça as bordas da massa e dobre-a ao redor do recheio de maçã. Coloque os bolinhos em uma assadeira não untada.

7. Polvilhe canela e açúcar sobre cada bolinho e salpique com mais manteiga.

8. Asse por 40 minutos, até ficarem dourados. Use luvas de forno para retirar a assadeira do forno e coloque-a sobre uma grelha.

9. Sirva quente e saboreie com o Sorvete de baunilha leve e cremoso (página 26) ou a Calda de caramelo (página 40).

CARAMELOS DE Chocolate

Tempo de preparo: 45 minutos **Tempo total:** 2 horas e 15 minutos (incluindo o tempo para esfriar) **Rendimento:** 10 caramelos

" 'Experimentei um caramelo de chocolate certa vez, dois anos atrás, e era simplesmente delicioso. Desde então, sonhei várias vezes que tinha muitos caramelos de chocolate, mas sempre acordo quando estou prestes a comê-los.' "

—Anne Shirley, capítulo 3

INGREDIENTES

1 xícara (240 g) de manteiga sem sal, mais um pouco para untar
85 g de chocolate meio amargo
1 lata (380 g) de leite condensado
¼ xícara (80 g) de xarope de milho
2¼ xícaras (495 g) de açúcar mascavo

Você vai precisar de
- Forma de 20 x 20 cm

Essa receita exige muita paciência durante o tempo de preparo, mas vale muito a pena!

1. Unte uma forma de 20 x 20 cm com manteiga. Reserve.

2. Junte a manteiga, o chocolate, o leite condensado, o xarope de milho e o açúcar mascavo em uma panela grande. Misture com uma colher de pau.

3. Leve a panela ao fogo médio e deixe a mistura ferver. Deixe o chocolate derreter completamente.

4. Reduza o fogo para médio-baixo e cozinhe a mistura por 30 minutos. Deve ferver delicadamente durante esse tempo. Com a colher de pau, mexa constantemente o tempo inteiro. É importante mexer o tempo todo porque o doce queima com facilidade.

5. Quando estiver cozido, o doce ficará bem espesso. Despeje-o na forma e coloque em cima de uma grelha para esfriar.

6. Deixe o doce esfriar completamente por cerca de 1½ hora, depois corte em quadradinhos de 2 cm.

SUFLÊ DE MILHO Ensolarado

Tempo de preparo: 20 minutos **Tempo total:** 1 hora **Rendimento:** 4 a 6 porções

" 'O mundo não parece mais a imensidão uivante de ontem à noite. Estou contente porque a manhã está ensolarada.' "

—Anne Shirley, capítulo 4

INGREDIENTES
- ¼ xícara (60 g) de manteiga, mais um pouco para untar
- ¼ xícara (30 g) de farinha de trigo
- ⅔ xícara (160 ml) de leite
- ½ xícara (60 g) de queijo cheddar ralado
- 1 colher de sopa (10 g) de pimentão verde picado
- 1 lata (310 g) de milho verde escorrido
- 3 ovos

Você vai precisar de
- Travessa ou forma pequena
- Batedeira

1. Pré-aqueça o forno a 150°C. Unte uma travessa pequena com manteiga e reserve.

2. Junte a manteiga e a farinha em uma panela de tamanho médio. Cozinhe em fogo baixo, mexendo até toda a farinha ser absorvida. Adicione o leite e continue a cozinhar e mexer até o molho engrossar. Retire do fogo. Acrescente o queijo ralado, o pimentão e o milho ao molho. Misture. Reserve.

3. Quebre os ovos e separe as gemas das claras dentro de 2 tigelas pequenas. Misture as gemas ao molho.

4. Bata as claras com a batedeira até formar picos suaves. Misture-as ao molho.

5. Transfira a mistura para a travessa untada.

6. Asse por 30 a 40 minutos, até a mistura assentar como um creme. Use luvas de forno para retirar a travessa de dentro do forno.

7. Sirva imediatamente.

SORVETE DE BAUNILHA *Leve e cremoso*

Tempo de preparo: 50 minutos **Tempo total:** 3 horas e 50 minutos (incluindo o tempo de congelamento) **Rendimento:** 4 a 6 porções

" 'Nunca provei sorvete. Diana tentou me explicar como era, mas acho que sorvete é uma daquelas coisas que estão além da imaginação.' "

—Anne Shirley, capítulo 13

INGREDIENTES
2 xícaras (475 ml) de chantilly
2 colheres de chá de gelatina sem sabor
¼ xícara (60 ml) de água gelada
1 xícara (235 ml) de leite integral
½ xícara (100 g) de açúcar
3 colheres de chá (65 g) de xarope de milho
1 colher de chá de farinha de trigo
1 pitada de sal
1 ovo grande
1 colher de sopa (15 ml) de essência de baunilha

Você vai precisar de
- Batedeira
- Panela para banho-maria

Esse sorvete é deliciosamente leve e cremoso.

1. Coloque o chantilly, os batedores da batedeira e uma tigela grande no congelador para gelar.

2. Coloque cerca de 5cm de água em uma panela para banho-maria e deixe ferver.

3. Acrescente a gelatina e a água gelada no recipiente a ser levado para o banho-maria. Deixe a gelatina amolecer por 5 minutos longe do fogo.

4. Enquanto isso, despeje o leite em uma panela pequena e leve ao fogo médio-baixo. Quando se formarem bolinhas ao redor da borda da panela, o leite estará pronto.

5. Acrescente o leite quente, o açúcar, o xarope de milho, a farinha e o sal ao recipiente da gelatina. Posicione esse recipiente na panela de banho-maria onde está a água fervente.

6. Mexa constantemente com uma colher de pau até a mistura engrossar, por cerca de 15 minutos.

7. Coloque a tampa na panela de banho-maria e deixe a mistura cozinhar acima da água fervente por mais 10 minutos.

8. Enquanto isso, quebre o ovo e separe a gema da clara em 2 tigelas pequenas. Reserve as claras para depois.

9. Bata a gema levemente com um garfo. Depois de 10 minutos, incorpore a gema lentamente à mistura em cima do fogão. Cozinhe e mexa por mais 1 minuto.

10. Passe a mistura quente do sorvete por uma peneira de metal, transferindo-a para uma tigela grande (não a do congelador).

11. Quando a massa do sorvete estiver em temperatura ambiente, bata com a batedeira por cerca de 5 minutos, até ficar leve e cremosa.

12. Na tigela grande do congelador, bata o chantilly gelado com os batedores gelados da batedeira até que fique pastoso e forme um pico delicado.

13. Enxague bem os batedores com água quente, depois bata a clara até ficar firme e lisa, mas não seca.

14. Muito delicadamente, com uma espátula de silicone, primeiro incorpore o chantilly batido, depois a clara, à mistura do sorvete. Misture a essência de baunilha com delicadeza.

15. Despeje a mistura em uma tigela de metal e leve-a ao congelador. Deixe congelar por 3 a 4 horas, até ficar firme.

16. Coma puro ou sirva com os Bolinhos de maçã fofinhos (página 21; veja o sorvete naquela foto para referência).

" 'E tomamos sorvete. Não tenho palavras para descrever aquele sorvete. Marilla, posso garantir que era sublime.' "

—Anne Shirely, capítulo 14

TORTINHAS DE FRAMBOESA Fascinantes

Tempo de preparo: 50 minutos **Tempo total:** 1 hora e 30 minutos (incluindo o tempo para esfriar) **Rendimento:** 12 tortinhas

"As menininhas da escola de Avonlea sempre compartilhavam seus almoços, e comer três tortinhas de framboesa sozinha ou dividi-las apenas com a melhor amiga faria uma garota ser rotulada como 'terrivelmente mesquinha'. Entretanto, quando as tortinhas eram divididas entre dez meninas, cada uma recebia o suficiente apenas para ficar com vontade de comer mais."

—Capítulo 15

INGREDIENTES
Massa
1 xícara (120 g) de farinha de trigo
1 colher de sopa (15 ml) de açúcar
¼ colher de chá de sal
6 colheres de sopa (90 g) de manteiga gelada
1 ovo grande
1 colher de sopa (15 ml) de água
1 colher de sopa (15 ml) de suco de limão

1. Pré-aqueça o forno a 220°C.

2. **Para fazer a massa:** Junte a farinha, o açúcar e o sal em uma tigela grande. Misture. Com um misturador de massa, corte a manteiga até a massa parecer grãos de ervilha.

3. Quebre o ovo e separe a gema da clara em 2 tigelas pequenas. Acrescente a água e o suco de limão à gema. Misture com um garfo. (Você pode usar a clara em outra receita ou descartá-la.)

4. Despeje a mistura da gema sobre a massa. Misture com um garfo até a massa se tornar uma bolota.

5. Com os dedos, pegue pedacinhos de massa da bolota e pressione de modo uniforme contra o fundo e as laterais de cada forminha. A massa deve ficar com cerca de 3mm de espessura. Leve as bases das tortinhas ao refrigerador enquanto faz o recheio.

6. **Para fazer o recheio:** Junte o amido de milho e a água em uma panela pequena. Misture com uma colher de pau até ficar liso. Acrescente o açúcar, mexendo. Adicione as framboesas descongeladas à panela. Cozinhe em fogo médio-baixo até engrossar, cerca de 10 a 15 minutos. Deixe esfriar.

7. Com uma colher, coloque o recheio de framboesas dentro de cada base das tortinhas, enchendo não mais do que ⅔.

continua

Recheio
3 colheres de sopa (22 g) de amido de milho
¼ xícara (60 ml) de água
¾ xícara (150 g) açúcar
2⅓ xícaras (285 g) de framboesas congeladas sem açúcar, descongeladas, ou de framboesas frescas

Você vai precisar de
- 12 forminhas de 7,5 cm ou 12 forminhas de muffin

8. Asse as tortinhas por 10 minutos, depois diminua a temperatura do forno para 180°C e asse por mais 15 minutos ou até ficarem douradas.

9. Use luvas de forno para retirar as tortinhas do forno e coloque-as sobre uma grelha para esfriar. Deixe-as ali por 15 minutos, depois retire-as delicadamente das forminhas.

JANTAR APRESSADO do Gilbert

Tempo de preparo: 10 minutos **Tempo total:** 50 minutos (incluindo o tempo para fazer o purê) **Rendimento:** 4 porções

" 'Acho que seu Gilbert Blythe é bonito', confidenciou Anne a Diana. 'Mas acho que ele é muito atrevido. Não é de bom-tom piscar para uma menina desconhecida.' "

—Capítulo 15

INGREDIENTES

3 colheres de sopa (45 g) de manteiga
¼ xícara (30 g) de farinha de trigo
2½ xícaras (600 ml) de leite integral
½ colher de chá de sal
Pimenta-do-reino a gosto
1 xícara (150 g) de ervilhas congeladas
200 g de salmão ou atum em lata escorrido
Purê de batatas para servir (ver a receita dos Bolinhos de peixe North Shore da Rachel Lynde, na página 92)
Salsinha picada para salpicar (opcional)

1. Coloque a manteiga em uma panela média e derreta em fogo médio, depois acrescente a farinha. Quando toda a farinha estiver misturada, acrescente o leite.

2. Adicione o sal, a pimenta-do-reino e as ervilhas congeladas à panela. Cozinhe até a mistura engrossar.

3. Acrescente o salmão ou o atum à panela, partindo-o em pedaços. Quando a carne estiver aquecida, retire do fogo.

4. Sirva com o purê de batatas e, se quiser, com salsinha picada por cima.

BISCOITO DE GENGIBRE *Marítimo*

Tempo de preparo: 1 hora **Tempo total:** 1 hora e 30 minutos **Rendimento:** cerca de 48 biscoitos

" 'Você vai usar o velho conjunto de chá marrom. Mas pode abrir o jarrinho amarelo de conserva de cereja. Já está mesmo na hora de ser consumida — acredito que esteja começando a ficar passada. E pode cortar um pouco do bolo de frutas e pegar alguns biscoitos e salgadinhos.' "

—Marilla Cuthbert, capítulo 16

INGREDIENTES
½ xícara (100 g) de açúcar
½ xícara (170 g) de melado
¼ xícara (50 g) de gordura vegetal
1½ xícara (180 g) de farinha de trigo
¼ colher de chá de fermento em pó
2 colheres de sopa de gengibre em pó
1 colher de sopa de canela em pó
1 colher de chá de cravo em pó
¼ colher de chá de sal

1. Coloque as grelhas do forno no meio do forno. Pré-aqueça o forno a 190°C. Forre as formas de biscoito com papel-manteiga.

2. Coloque o açúcar, o melado e a gordura vegetal em uma panela pequena. Com uma colher de pau, mexa em fogo médio até ferver. Tire imediatamente do fogo e deixe esfriar.

3. Em uma tigela grande, junte a farinha, o fermento em pó, o gengibre, a canela, o cravo e o sal. Misture.

4. Quando a mistura do melado estiver fria, despeje sobre a mistura da farinha. Misture bem. Deixe a massa esfriar na geladeira por cerca de 10 minutos.

5. Molde a massa em bolinhas — do tamanho de uma moeda de R$ 1 — e as distribua nas formas com 5 cm de distância entre elas. Achate as bolinhas com o fundo de um copo ou com os dedos.

6. Asse os biscoitos até ficarem crocantes e secos, de 6 a 8 minutos. Observe com atenção, pois podem queimar com facilidade.

7. Use luvas de forno para retirar as formas do forno. Coloque as formas sobre uma grelha para esfriar. Deixe os biscoitos esfriarem por 5 minutos, depois retire-os da forma com uma espátula de metal.

REFRESCO DE FRAMBOESA preferido da Diana Barry

Tempo de preparo: 40 minutos **Tempo total:** 2 horas (incluindo o tempo para esfriar) **Rendimento:** 4 a 6 porções

"Diana serviu-se de um copo, olhou admirada o tom vermelho brilhante e então bebericou graciosamente."

—Capítulo 16

INGREDIENTES

2 pacotes (ou 570 g) de framboesas congeladas sem açúcar
1¼ xícara (250 g) de açúcar
3 limões cortados ao meio
4 xícaras (950 ml) de água

Essa receita de refresco de framboesa não deve ser confundida com "o licor caseiro de groselha de três anos de Marilla, pelo qual ela é célebre em Avonlea".

1. Coloque as framboesas congeladas em uma panela grande e acrescente o açúcar.

2. Cozinhe em fogo médio, mexendo de vez em quando, por 20 a 25 minutos, até todo o açúcar estar derretido.

3. Com um amassador de batatas, amasse totalmente as framboesas.

4. Passe a mistura por uma peneira, certificando-se de extrair todo o líquido. Descarte a polpa.

5. Esprema 2 dos limões e peneire o suco. Acrescente o suco ao líquido de framboesa.

6. Leve a água a ferver, depois despeje a água fervente no líquido de framboesa.

7. Deixe o refresco de framboesa esfriar, depois leve-o à geladeira.

8. Quando o refresco estiver pronto para ser servido, corte o limão restante em fatias finas e coloque uma fatia em cada copo.

SOBREMESA DE PASSAS da Marilla

Tempo de preparo: 40 minutos **Tempo total:** 4 horas (incluindo o tempo para esfriar) **Rendimento:** 6 a 8 porções

" 'Diana, imagine, se conseguir, o tamanho do meu horror ao descobrir um rato afogado naquela calda de pudim!' "

—Anne Shirley, capítulo 16

INGREDIENTES
Sobremesa de passas
½ xícara (120 g) de manteiga, mais um pouco para untar
½ xícara (100 g) de açúcar, mais um pouco para polvilhar
½ xícara (75 g) de passas
½ xícara (75 g) de groselha
1 xícara (120 g) de farinha de trigo, mais um pouco para polvilhar
½ xícara (75 g) de migalhas de pão fresco
½ colher de chá de fermento em pó
½ colher de chá de sal
½ colher de chá de canela em pó
½ colher de chá de noz-moscada
¼ xícara (40 g) de nozes picadas
½ xícara (120 ml) de leite
1 ovo grande
¼ xícara (85 g) de melado
Um pouco de água fervente

1. **Para fazer a sobremesa de passas:** Unte a forma de pudim com manteiga, depois polvilhe açúcar. Gire a forma até toda a superfície interna estar coberta de açúcar. Reserve.

2. Pique as passas e groselhas com uma faca. Polvilhe-as com farinha e reserve.

3. Junte a farinha, o açúcar, as migalhas de pão, o fermento em pó, o sal, a canela e a noz-moscada em uma tigela grande. Misture com uma colher de pau.

4. Adicione a manteiga e, com um misturador de massa, corte-a até a mistura ficar farelenta. Acrescente as passas picadas, groselhas e nozes à mistura de farinha. Misture com a colher de pau.

5. Coloque o leite em uma panela pequena e a leve ao fogo baixo. Quando pequenas bolhas se formarem ao redor da panela, o leite estará pronto. Retire do fogo.

6. Quebre o ovo em uma tigela pequena, adicione-o à mistura de frutas e farinha. Acrescente o leite quente e o melado. Com a colher de pau, misture bem.

7. Coloque a mistura na forma de pudim ou tigela. Faça uma tampa para o recipiente com 2 camadas de papel-alumínio, unte com manteiga o lado do papel-alumínio que ficará virado para o doce. Amarre a tampa de papel-alumínio com o barbante para mantê-la bem fechada.

continua

Calda de caramelo

½ xícara (115 g) de açúcar mascavo
1½ colher de sopa (23 g) de farinha de trigo
1 pitada de sal
1 xícara (235 ml) de água fervente
½ colher de chá de essência de baunilha
1 colher de sopa (15 g) de manteiga

Você vai precisar de
- Forma de pudim ou tigela (1 litro)
- Barbante
- Forma ou suporte para cozimento a vapor

8. Coloque a forma ou suporte para cozimento a vapor dentro de uma panela grande. Acomode em cima a forma de pudim coberta. Despeje um pouco de água fervente com cuidado pela lateral da panela grande até a altura da metade da forma de pudim. Leve a panela grande ao fogo e deixe ferver. Reduza o fogo para médio-baixo e cubra com a tampa. (Se necessário, acrescente mais água durante o cozimento.)

9. Cozinhe o doce no vapor por 3 horas. Insira um palito limpo no centro do doce (através do papel-alumínio). Se ele sair limpo, a sobremesa estará pronta. Se o doce grudar no palito, confira de novo em 15 minutos.

10. Pré-aqueça o forno em fogo baixo. Quando o doce estiver pronto, use luvas de forno para retirá-lo da panela grande. Retire o papel-alumínio e deixe o doce descansar por 10 minutos. Aqueça um prato de servir no forno.

11. Vire o doce no prato quente.

12. **Para fazer a calda de caramelo:** Misture o açúcar mascavo, a farinha e o sal em uma panela pequena. Acrescente a água fervente aos poucos e mexa com uma colher de pau. Em fogo baixo, mexa a mistura até ficar espessa e cremosa, por cerca de 5 minutos.

13. Quando a calda estiver espessa, retire a panela do fogo. Misture a manteiga e a essência de baunilha. Deixe a manteiga derreter totalmente.

14. Sirva quente sobre a Sobremesa de passas da Marilla. Se sobrar calda, não se esqueça — como Anne se esqueceu — de tampar bem.

BOLO DE CHOCOLATE do Gnomo

Tempo de preparo: 1 hora **Tempo total:** 3 horas (incluindo o tempo para esfriar e colocar a cobertura) **Rendimento:** 6 a 8 porções

" 'Fico gelada quando penso em meu bolo de camadas. Ah, Diana, e se não ficar bom? Ontem à noite, sonhei que eu era perseguida por um gnomo aterrorizante que tinha um grande bolo de camadas no lugar da cabeça.' "

—Anne Shirley, capítulo 21

INGREDIENTES
Bolo de chocolate do gnomo
¾ de xícara (180 g) de manteiga derretida, mais um pouco para untar
1¾ de xícara (190 g) de farinha de trigo peneirada, mais um pouco para enfarinhar as formas
1 xícara (235 ml) de água
115 g de cacau em pó
1½ colher de chá de bicarbonato de sódio
½ colher de chá de fermento em pó
1 colher de chá de sal
1½ xícara (300 g) de açúcar
1 xícara (235 ml) de leite integral
3 ovos grandes
1 colher de chá de essência de baunilha

1. Arranje as grelhas do forno de modo que os bolos fiquem no centro do forno. Pré-aqueça o forno a 180°C. Unte com manteiga duas formas de bolo de 23 cm de diâmetro, depois enfarinhe. Reserve.

2. **Para fazer o bolo:** Ferva a água em uma panela pequena. Coloque uma tigela pequena de metal ou resistente ao calor na água fervente e acrescente o chocolate. Reduza para fogo baixo para derreter o chocolate. Retire a tigela do fogo e deixe esfriar. Você também pode usar uma panela para banho-maria. Veja as instruções no passo 11 da página 44.

3. Junte a farinha peneirada, o bicarbonato de sódio, o fermento em pó, o sal e o açúcar em uma tigela grande. Misture com uma colher de pau.

4. Acrescente o chocolate derretido, o leite e a manteiga derretida à mistura de farinha. Misture com a colher de pau, depois bata por 1 minuto na batedeira.

5. Quebre os ovos em uma tigela pequena. Acrescente os ovos e a essência de baunilha à massa do bolo. Bata na batedeira por mais 3 minutos, raspando as laterais da tigela o tempo todo com uma espátula de silicone.

6. Divida a massa de bolo entre as duas formas. Asse os bolos por 30 a 35 minutos.

continua

Cobertura de chocolate
2 xícaras (360 g) de gotas de chocolate
¼ xícara (50 g) de gordura vegetal
2½ xícaras (320 g) de açúcar de confeiteiro
½ xícara (60 ml) de leite

Você vai precisar de
- 2 formas redondas de bolo de 23 cm
- Batedeira
- 2 grelhas
- Panela para banho-maria (opcional)

7. Teste os bolos com um palito de dente. Quando estiverem prontos, use luvas de forno para retirá-los do forno. Deixe-os esfriar nas formas por 10 minutos.

8. Deslize a lâmina de uma espátula de metal ao redor dos bolos para soltá-los das formas.

9. Coloque um dos bolos sobre uma grelha. Coloque uma segunda grelha por cima. Segure as duas grelhas e vire-as. O bolo então fica invertido na grelha. Com cuidado, tire a forma e passe o bolo para um prato. Faça o mesmo com o outro bolo.

10. Deixe as 2 camadas esfriarem totalmente antes de colocar a cobertura.

11. **Para fazer a cobertura:** Coloque 5 cm de água na panela de banho-maria e deixe ferver. Acrescente as gotas de chocolate e a gordura vegetal à panela de cima do conjunto. Deixe a mistura derreter em banho-maria. Se não tiver a panela para banho-maria, use uma panela e uma tigela de metal ou de vidro resistente ao calor. Veja as instruções no passo 2 da página 43.

12. Acrescente o açúcar de confeiteiro aos poucos, mexendo com uma colher de pau. Acrescente o leite. Retire a panela do banho-maria.

13. Bata a cobertura na batedeira até ficar espessa e cremosa, por cerca de 5 minutos.

14. Com uma espátula de metal, espalhe cerca de ⅓ da cobertura entre as duas camadas do bolo e use o restante para cobrir a parte de cima e, se quiser, as laterais. Se você enxaguar a espátula de metal com água quente de vez em quando enquanto estiver cobrindo o bolo, a cobertura se espalhará com mais facilidade. Veja a página 15 para dicas de cobertura.

" "Pronto, pronto, pare com essa bobagem de beijos. Prefiro que você comece a fazer apenas o que lhe foi dito. Quanto à culinária, pretendo começar a lhe dar aulas um dia desses. Mas você é tão avoada, Anne, que estou esperando para ver se você se acalma um pouco e aprende a se concentrar antes de começar. Você precisa manter a cabeça no lugar na hora de cozinhar, sem parar no meio das coisas e deixar seus pensamentos vagarem por toda parte.' "

—Marilla Cuthbert, *Anne de Green Gables*, capítulo 13

BOLO DE LINIMENTO da Anne

Tempo de preparo: 30 minutos **Tempo total:** 2 horas e 30 minutos (incluindo o tempo para esfriar e colocar a cobertura)
Rendimento: 6 a 8 porções

" 'Misericórdia, Anne, você colocou *linimento anódino* nesse bolo. Quebrei o frasco do linimento na semana passada e despejei o que restava nesse velho frasco de essência de baunilha. Suponho que em parte seja minha culpa — eu deveria tê-la alertado —, mas, pelo amor de Deus, como é que você não sentiu o cheiro?' "

—Marilla Cuthbert, capítulo 21

INGREDIENTES
Bolo de linimento
½ xícara (120 g) de manteiga derretida, mais um pouco para untar
2 xícaras (240 g) de farinha de trigo peneirada, mais um pouco para enfarinhar as formas
1 colher de sopa (15 g) de fermento em pó
1 pitada de sal
1¼ xícara (250 g) de açúcar
1 xícara (235 ml) de leite integral
3 ovos grandes
2 colheres de chá de essência de baunilha

Aqui está o bolo que Anne de fato queria fazer. Certifique-se de usar essência de baunilha — e não linimento anódino!

1. Organize as grelhas do forno de modo que os bolos fiquem posicionados no centro do forno. Pré-aqueça o forno a 180°C. Unte com manteiga duas formas de bolo de 23 cm e, em seguida, enfarinhe-as. Reserve.

2. **Para fazer o bolo:** Junte a farinha, o fermento em pó, o sal e o açúcar em uma tigela grande. Misture tudo.

3. Acrescente a manteiga derretida e o leite à mistura de farinha e mexa com uma colher de pau.

4. Bata a mistura por 1 minuto na batedeira.

5. Quebre os ovos em uma tigela pequena. Acrescente os ovos e a essência de baunilha à massa de bolo, bata na batedeira por mais 3 minutos, raspando as laterais constantemente com uma espátula de silicone.

6. Divida a massa de bolo por igual nas 2 formas de bolo. Asse por 25 a 30 minutos.

7. Fure os bolos com um palito de dente. Quando estiverem prontos, use luvas de forno para retirá-los do forno. Deixe-os esfriar nas formas por 10 minutos.

8. Deslize a lâmina de uma espátula de metal ao redor dos bolos para soltá-los das formas.

 continua

Cobertura cremosa de manteiga
1 xícara (240 g) de manteiga sem sal, amolecida
3 xícaras (360 g) de açúcar de confeiteiro
⅛ colher de chá de sal
1½ colher de chá de essência de baunilha
3 colheres de sopa (45 ml) de creme de leite fresco
2 ou 3 gotas de corante vermelho para alimentos (opcional)

Você vai precisar de
- 2 formas redondas de bolo de 23 cm
- Batedeira
- 2 grelhas para deixar os bolos esfriando

9. Coloque um dos bolos sobre uma grelha. Coloque uma segunda grelha por cima. Segure as duas grelhas e vire-as. O bolo então fica invertido na grelha. Com cuidado, retire a forma e passe o bolo para um prato. Faça o mesmo com o outro bolo.

10. Deixe as 2 camadas esfriarem totalmente antes de cobrir com a Cobertura cremosa de manteiga.

11. **Para fazer a cobertura:** Bata a manteiga amolecida com a batedeira.

12. Acrescente o açúcar de confeiteiro aos poucos, até tudo estar combinado.

13. Adicione o sal, a essência de baunilha, o creme de leite fresco e o corante de alimentos. Bata em velocidade baixa na batedeira por 10 minutos, até a cobertura ficar sedosa.

14. Com uma espátula de metal, espalhe cerca de ⅓ da cobertura entre as 2 camadas de bolo. Use os ⅔ restantes para cobrir a parte de cima e as laterais do bolo. Veja a página 15 para dicas de cobertura.

" "Marilla, não é bom pensar que amanhã é um novo dia, ainda sem erros?" "

—Anne Shirley, *Anne de Green Gables*, capítulo 21

MACARRÃO DE FORNO da Senhorita Stacy

Tempo de preparo: 40 minutos **Tempo total:** 1 hora e 10 minutos **Rendimento:** 2 porções principais ou 4 acompanhamentos

" 'Eu amo a senhorita Stacy de todo coração, Marilla. Ela é tão elegante e tem uma voz tão doce. Quando ela diz meu nome, sinto intuitivamente que está soletrando com E.' "

—Anne Shirley, capítulo 24

INGREDIENTES
1 colher de sopa (15 g) de manteiga, mais um pouco para untar
1 xícara (105 g) de macarrão caracol
1 colher de sopa (8 g) de farinha de trigo
1 xícara (235 ml) de leite integral
1 xícara (120 g) de queijo cheddar ralado, dividido
½ colher de chá de sal
Pimenta-do-reino a gosto
¼ colher de chá de páprica

Você vai precisar de
- Tigela ou travessa pequena para assar

1. Pré-aqueça o forno a 180°C. Unte uma travessa pequena com manteiga.

2. Encha uma panela de tamanho médio com água e leve ao fogo para ferver. Coloque o macarrão e cozinhe até ficar macio. Escorra o macarrão em um escorredor e enxague com água fria. Reserve.

3. Em outra panela de tamanho médio, derreta a manteiga em fogo médio, depois acrescente a farinha. Quando a manteiga estiver integrada, acrescente o leite.

4. Adicione ¾ (90 g) do queijo e cozinhe, mexendo até o queijo derreter. Acrescente sal, pimenta-do-reino e páprica. Retire do fogo.

5. Coloque o macarrão cozido na travessa untada e misture o molho de queijo.

6. Cubra com o restante do queijo e deixe no forno por 30 minutos. Use luvas para retirar a travessa do forno.

7. Sirva imediatamente.

BISCOITOS RUBROS para o Chá da Tarde

Tempo de preparo: 35 minutos **Tempo total:** 50 minutos **Rendimento:** 12 biscoitinhos

"A senhora Rachel e Marilla se acomodaram confortavelmente no salão enquanto Anne buscava o chá e fazia biscoitos quentes, leves e alvos o suficiente para desafiar até mesmo o criticismo da senhora Rachel."

—Capítulo 30

INGREDIENTES

2 xícaras (240 g) de farinha de trigo, mais um pouco para enfarinhar a superfície e o rolo de massa
4 colheres de chá de fermento em pó
2 colheres de sopa (30 ml) de açúcar
½ colher de chá de sal
½ xícara (95 g) de gordura vegetal
¾ xícara (180 ml) de leite
½ xícara (160 g) de geleia de frutas vermelhas

Você vai precisar de
- Rolo de massa
- Cortadores de biscoitos (1 grande e 1 pequeno)

1. Pré-aqueça o forno a 220°C.

2. Em uma tigela grande, misture com um garfo a farinha peneirada, o fermento em pó, o açúcar e o sal.

3. Adicione a gordura vegetal e, com um cortador de massa, corte-a até a mistura parecer migalhas de pão.

4. Acrescente o leite e misture com o garfo até a mistura formar uma bolota macia.

5. Coloque a bolota de massa em uma superfície levemente enfarinhada e amasse-a por 12 vezes.

6. Passe um pouco de farinha de trigo em um rolo de massa e abra a massa até ela ter cerca de 6 mm de espessura.

7. Com um cortador de biscoitos grande, corte círculos, um perto do outro, na massa. Faça pressão para baixo, sem deslocar o cortador.

8. Com uma espátula de metal, erga *metade* dos círculos, um de cada vez, colocando-os em uma assadeira não untada. Organize-os com cerca de 2,5 cm de distância uns dos outros.

9. Com um cortador de biscoitos pequeno, corte buracos na outra metade dos círculos para formar anéis e retire a parte central com a ajuda de uma espátula. Reserve esses pequenos círculos centrais. (Com essas sobras de massa você pode assar biscoitinhos simples.)

 continua

10. Com a espátula, coloque os anéis de massa em cima dos círculos grandes que já estão na assadeira.

11. Coloque uma colher de chá de geleia dentro de cada círculo.

12. Asse os biscoitos por 12 a 15 minutos, ou até crescerem e ficarem levemente dourados.

13. Use luvas para retirar a forma de biscoitos do forno. Imediatamente retire os biscoitos da assadeira com a espátula de metal.

14. Sirva-os quentes ou frios.

TOMATES FATIADOS White Sands

Tempo de preparo: 20 minutos **Tempo total:** 50 minutos **Rendimento:** 6 a 8 porções

"Anne estava se arrumando para um concerto no Hotel White Sands. (...) Como Anne teria dito certa vez, 'foi um marco em sua vida', e ela estava deliciosamente animada com aquela agitação."
—**Capítulo 33**

INGREDIENTES

3 colheres de sopa (45 g) de manteiga, mais um pouco para untar e salpicar
1 xícara (60 g) de migalhas de pão fresco
1 colher de chá de sal
Pimenta-do-reino a gosto
1 colher de sopa (10 g) de cebola ralada
1 colher de sopa (13 g) de açúcar
6 tomates grandes

Você vai precisar de
- Assadeira de 23 x 33 cm

1. Pré-aqueça o forno a 180°C. Unte uma assadeira de 23 x 33 cm com manteiga. Reserve.

2. Em uma tigela média que possa ser levada ao micro-ondas derreta a manteiga no micro-ondas. Acrescente as migalhas de pão, o sal, a pimenta-do-reino e o açúcar à manteiga derretida. Misture bem.

3. Com uma faca afiada, corte os tomates em fatias de cerca de 13 mm.

4. Disponha cerca de ⅓ da mistura de migalhas de pão no fundo da assadeira untada.

5. Acrescente uma camada de tomates, outra camada de migalhas de pão, outra camada de tomates e cubra com as migalhas de pão restantes.

6. Salpique um pouco de manteiga por cima.

7. Asse por 30 minutos, ou até ficar dourado em cima. Use luvas para retirar a assadeira do forno.

8. Sirva imediatamente.

SANDUÍCHE GOSTOSO DE PÃO BISCUIT do Matthew Cuthbert

Tempo de preparo: 25 minutos **Tempo total:** 45 minutos **Rendimento:** 8 sanduíches

" 'Ah, Anne, sei que talvez eu tenha sido meio rígida e dura com você, mas não pense que não a amo tanto quanto Matthew amava.' "

—Marilla Cuthbert, capítulo 37

INGREDIENTES

2 xícaras (240 g) de farinha de trigo, mais um pouco para a superfície de trabalho e para o rolo de massa
4 colheres de chá de fermento em pó
1 colher de chá de sal
3 colheres de sopa (36 g) de gordura vegetal
¾ xícara (180 ml) de leite integral
Manteiga para passar nos sanduíches
8 folhas de alface
2 tomates grandes fatiados
8 tiras de bacon cozido
Condimentos como o Ketchup Cavendish (página 98), maionese, mostarda etc.

1. Pré-aqueça o forno a 230°C.

2. Peneire a farinha, o fermento em pó e o sal juntos em uma tigela grande.

3. Amasse a gordura vegetal na mistura de farinha com os dedos até ficar bem distribuída. Acrescente o leite.

4. Vire a massa em uma superfície enfarinhada. Enfarinhe um rolo de massa e abra a massa até que ela fique com 2,5 cm de espessura.

5. Com a borda de um copo grande, corte a massa em 8 círculos e disponha-os com 2,5 cm de distância uns dos outros em uma assadeira não untada.

6. Asse por 12 a 15 minutos até dourar. Use luvas de forno para retirar a assadeira do forno.

7. Divida os pãezinhos enquanto ainda estiverem quentes e passe um pouco de manteiga em ambas as metades.

8. Coloque uma folha de alface, fatias de tomate e uma tira de bacon sobre uma metade de cada pão biscuit e cubra com a outra metade.

9. Sirva quente com Ketchup Cavendish ou seus condimentos preferidos.

RECEITAS DE
Anne de Avonlea

CARINHAS DE MACACO de Davy e Dora

Tempo de preparo: 25 minutos **Tempo total:** 45 minutos **Rendimento:** 24 carinhas de macaco

" 'Minha nossa! Parece que foi ontem que Matthew trouxe Anne para casa e todo mundo riu da ideia de Marilla criar uma criança. E agora ela adotou gêmeos. A gente morre e não vê tudo.' "

—Senhora Rachel Lynde, capítulo 8

INGREDIENTES
¼ xícara (60 g) de manteiga, mais um pouco para untar
½ xícara (100 g) de açúcar
1 ovo grande batido
½ xícara (170 g) de melado
1 colher de chá de bicarbonato de sódio
1½ xícara (180 g) de farinha de trigo
½ colher de chá de canela em pó
½ colher de chá de cravo em pó
⅛ colher de chá de sal
Passas para decorar

Você vai precisar de
- 24 forminhas
- Batedeira

1. Organize as grelhas do forno de modo que as forminhas fiquem no meio do forno. Pré-aqueça o forno a 190°C. Unte 24 forminhas com manteiga.

2. Coloque a manteiga e o açúcar em uma tigela grande e bata com a batedeira. Acrescente o ovo batido.

3. Coloque o melado em uma tigela pequena e misture o bicarbonato de sódio com uma espátula de silicone. Acrescente essa mistura ao creme de açúcar, manteiga e ovo.

4. Em uma outra tigela grande, peneire a farinha, a canela, o cravo e o sal.

5. Adicione aos poucos a mistura de farinha aos ingredientes úmidos. Bata bem com a batedeira.

6. Despeje a mistura em colheradas nas forminhas untadas.

7. Decore cada bolinho com as passas para fazer olhos e nariz.

8. Asse por 15 a 18 minutos. Use luvas de forno para retirar as forminhas do forno. Deixe os bolinhos esfriarem na forma por alguns minutos antes de transferi-los para uma grelha para que a parte de baixo não fique úmida.

SANDUÍCHES DE SALADA DE OVOS Poéticos

Tempo de preparo: 50 minutos **Tempo total:** 50 minutos **Rendimento:** 8 sanduíches

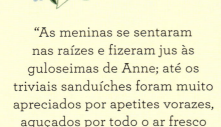

"As meninas se sentaram nas raízes e fizeram jus às guloseimas de Anne; até os triviais sanduíches foram muito apreciados por apetites vorazes, aguçados por todo o ar fresco e exercícios de que haviam desfrutado."

—Capítulo 13

INGREDIENTES

4 ovos grandes
1 talo de salsão finamente picado
3 colheres de sopa (45 g) de maionese
½ colher de chá de sal
1 pitada de pimenta-do-reino
¼ xícara (60 g) de manteiga amolecida
2 colheres de sopa (30 g) de hortelã ou salsinha secas
8 fatias de pão fresco

1. Coloque os ovos em uma panela pequena e cubra com água fria, pelo menos 2,5 cm acima dos ovos. Deixe ferver.

2. Tire a panela do fogo e cubra. Deixe os ovos na água quente por 25 minutos. Destampe a panela, coloque-a sob água corrente fria por 10 minutos para esfriar os ovos.

3. Descasque os ovos, depois coloque-os em uma tigela pequena junto com o salsão picado. Amasse com um garfo.

4. Adicione a maionese, o sal e a pimenta-do-reino à mistura de ovos. Coloque a salada de ovos na geladeira.

5. Misture a manteiga amolecida com a hortelã ou salsinha em uma tigela pequena.

6. Passe a manteiga com ervas em cada fatia de pão. Espalhe a salada de ovo em 4 fatias de pão e cubra com as outras 4 fatias de pão amanteigadas.

7. Corte cada sanduíche pela metade na diagonal.

LIMONADA à Moda Antiga

Tempo de preparo: 20 minutos **Tempo total:** 50 minutos (incluindo o tempo para esfriar)
Rendimento: 3½ copos (820 ml) de limonada

> "Anne trouxera copos e limonada para as convidadas, mas ela bebeu a água fresca do riacho em um copo feito de casca de bétula. (...) Anne achou aquilo mais adequado para a ocasião do que limonada."
>
> —Capítulo 13

INGREDIENTES
1½ xícara (250 g) de açúcar
1½ xícara (350 ml) de água
Raspas da casca de 1 limão
1½ xícara (350 ml) de suco de limão
½ xícara (120 ml) de xarope de romã (opcional)
Cubos de gelo para servir
Fatias de limão para servir
Folhas frescas de hortelã para servir (opcional)

1. Coloque o açúcar, a água e as raspas de limão em uma panela grande.

2. Mexa sem parar com uma colher de pau e deixe a mistura ferver por 5 minutos. Retire a panela do fogão e deixe esfriar.

3. Adicione o suco de limão à mistura.

4. Despeje o xarope de limão em um jarro de 1 litro e tampe bem. (Para fazer limonada cor-de-rosa, acrescente o xarope de romã ao jarro e mexa.) O xarope pode ser conservado na geladeira por 2 a 3 semanas.

5. Quando for servir a limonada, coloque 2 cubos de gelo no fundo de cada copo. Despeje ¼ de copo (60 ml) de xarope de limão sobre os cubos de gelo. Acrescente ¾ xícara de água gelada (180 ml) e mexa.

6. Adicione uma fatia fina de limão em cada copo e, se quiser, uma folha de hortelã.

SALADA DE ALFACE Esplêndida

Tempo de preparo: 50 minutos **Tempo total:** 50 minutos **Rendimento:** 4 porções

" 'Ah, Anne, posso ajudá-la a fazer o jantar?', implorou Diana. 'Você sabe que sei fazer uma salada de alface esplêndida.' "

—Diana Barry, capítulo 16

INGREDIENTES

Molho mil ilhas
1 ovo grande
1 xícara (240 g) de maionese
¼ xícara (60 g) de leite integral
2 colheres de sopa (30 g) de ketchup
2 colheres de sopa (30 g) de molho de picles
1 colher de sopa (10 g) de pimentão verde picado
1 colher de sopa (15 ml) de flocos de cebola desidratados

Salada de alface esplêndida
2 talos pequenos de salsão cortados em pedacinhos
1 pimentão verde pequeno cortado em pedacinhos
½ pepino cortado em pedacinhos
2 tomates pequenos cortados em pedacinhos
½ xícara (50 g) de cogumelos brancos finamente fatiados
½ cabeça pequena de alface americana, folhas separadas
½ maço de alface romana, folhas separadas
12 folhas grandes de espinafre sem talos

1. **Para fazer o Molho mil ilhas:** Coloque o ovo em uma panela pequena e cubra com água fria, pelo menos 2,5 cm acima do ovo. Ferva.

2. Retire a panela do fogo e cubra. Deixe o ovo na água quente por 25 minutos. Esfrie o ovo sob água corrente fria e descasque-o.

3. Com um garfo, amasse o ovo cozido em uma tigelinha. Acrescente a maionese, o leite, o ketchup, o molho de picles, o pimentão verde e os flocos de cebola; misture bem com uma colher de pau. Reserve.

4. **Para fazer a Salada de alface esplêndida:** Coloque o salsão, o pimentão verde, o pepino, os tomates e os cogumelos em uma tigela grande.

5. Rasgue as folhas de alface em pedaços pequenos. Adicione a alface aos outros vegetais e misture a salada com as mãos — certifique-se de que elas estejam limpas!

6. Forre uma saladeira com as folhas de espinafre de modo que fiquem visíveis ao redor da borda. Despeje a salada no meio.

7. Sirva em tigelas individuais com uma porção generosa do Molho mil ilhas.

FRANGO Picante

Tempo de preparo: 30 minutos **Tempo total:** 1 hora e 30 minutos **Rendimento:** 4 a 6 porções

"Então, as meninas foram para a cozinha, que estava tomada por aromas apetitosos que emanavam do forno, onde os frangos já chiavam esplendorosamente."

—Capítulo 17

INGREDIENTES

1 kg de pedaços de frango
1 colher de sopa (15 g) de manteiga
1 cebola amarela pequena finamente picada
1 dente de alho finamente picado
¼ xícara (60 g) de ketchup
¼ xícara (60 ml) de vinagre branco
2 colheres de sopa (30 ml) de suco de limão
1 colher de sopa (15 ml) de molho inglês
2 colheres de sopa (30 g) de açúcar mascavo
1 colher de chá de sal

Você vai precisar de
- Travessa de 23 x 33 cm
- Batedeira

Esse frango também fica ótimo grelhado!

1. Pré-aqueça o forno a 190°C.

2. Retire a gordura visível dos pedaços de frango. Organize os pedaços de frango em uma travessa de 23 x 33 cm e asse-os por 40 minutos.

3. Enquanto o frango assa, derreta a manteiga em uma panela pequena. Acrescente a cebola e o alho e cozinhe em fogo baixo até a cebola ficar transparente, cerca de 5 minutos.

4. Adicione o ketchup, o vinagre, o suco de limão, o molho inglês, o açúcar mascavo e o sal. Misture com uma colher de pau.

5. Deixe o molho ferver, então reduza o fogo e ferva por mais 10 minutos. Retire do fogo.

6. Use luvas para retirar a travessa do forno. Coloque metade do molho às colheradas sobre o frango e leve ao forno novamente por 10 minutos.

7. Retire o frango do forno mais uma vez. Usando um pegador, vire os pedaços de frango. Coloque o restante do molho às colheradas e asse por mais 10 minutos.

8. Sirva imediatamente, acompanhado da Salada de alface esplêndida (página 69).

SOPA DE LEGUMES *Espessa e Cremosa*

Tempo de preparo: 1 hora **Tempo total:** 1 hora **Rendimento:** 4 a 6 porções

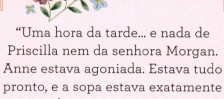

> "Uma hora da tarde... e nada de Priscilla nem da senhora Morgan. Anne estava agoniada. Estava tudo pronto, e a sopa estava exatamente como deveria estar, mas não se podia esperar que continuasse assim por mais tempo."
>
> —Capítulo 17

INGREDIENTES

2 colheres de sopa (30 g) de manteiga
2 cebolas pequenas finamente picadas
2 talos grandes de salsão finamente picados
1 xícara (180 g) de tomates em lata escorridos ou 3 tomates pequenos picados
1 colher de chá de sal
1 pitada de pimenta-do-reino
1 colher de chá de folhas de manjericão secas
1 colher de chá (15 ml) de salsinha seca
2 xícaras (475 ml) de caldo de frango ou 2 cubos de caldo de frango com 2 xícaras (475 ml) de água fervente
2 cenouras médias descascadas e cortadas em cubinhos
1 batata grande, descascada e cortada em cubinhos
½ xícara (75 g) de ervilhas congeladas
2½ xícaras (600 ml) de leite integral
Cebolinha picada para salpicar

Você vai precisar de
- Liquidificador

1. Junte a manteiga, a cebola picada e o salsão em uma panela grande. Cozinhe e misture em fogo baixo até os legumes ficarem macios, de 5 a 7 minutos.

2. Coloque os tomates em uma tigela grande. Adicione sal, pimenta-do-reino, manjericão e salsinha. Amasse levemente os tomates e os condimentos com uma colher de pau.

3. Quando as cebolas e o salsão estiverem macios, acrescente o caldo de frango à panela. Junte as cenouras, batatas, ervilhas e os tomates e misture com a colher de pau.

4. Deixe a sopa ferver. Reduza o fogo para médio. Cozinhe os legumes por cerca de 15 minutos.

5. Com uma concha, coloque metade da sopa no liquidificador e bata em velocidade baixa até ficar bem lisa. Despeje a sopa batida de volta à panela e misture à outra metade. Adicione o leite e mexa.

6. Aqueça em fogo médio, apenas até o leite esquentar, cerca de 7 minutos. Não deixe ferver.

7. Sirva a sopa com a concha em tigelas e salpique cebolinha por cima.

BARQUINHAS de Pepino

Tempo de preparo: 50 minutos **Tempo total:** 50 minutos **Rendimento:** 6 barquinhas

" 'Vocês devem estar muito cansadas e famintas. Farei o melhor que puder para a hora do chá, mas aviso que não esperem nada além de pão com manteiga e alguns pepinos.' "

—Senhorita Sarah Copp, capítulo 18

INGREDIENTES
3 xícaras (700 ml) de água
1 pitada mais ½ colher de chá de sal, divididas
⅓ xícara (35 g) de macarrão caracol
200 g de atum em lata escorrido
1 cenoura média descascada e ralada
1 talo de salsão médio finamente picado
⅓ xícara (80 g) de maionese
2 colheres de sopa (30 ml) de suco de limão
1 pitada de pimenta-do-reino
3 pepinos médios
1 colher de sopa (4 g) de salsinha picada para salpicar (opcional)

1. Coloque a água com uma pitada de sal em uma panela. Deixe ferver. Acrescente o macarrão caracol aos poucos e ferva até ficar macio, de 8 a 10 minutos. Escorra o macarrão em um escorredor e o transfira para uma tigela de tamanho médio.

2. Adicione o atum ao macarrão. Acrescente a cenoura e o salsão ao macarrão e ao atum.

3. Coloque a maionese, o suco de limão, ½ colher de chá de sal e a pimenta-do-reino em uma tigela e mexa com um garfo. Reserve.

4. Descasque os pepinos com um descascador de legumes e corte as pontas. Corte cada pepino ao meio no sentido do comprimento. Com uma colher grande, retire as sementes e a parte mais mole e descarte.

5. Encha cada barquinha de pepino com a mistura de atum.

6. Se quiser, salpique a salsinha por cima das barquinhas.

BISCOITO AMANTEIGADO DELICIOSO da Senhora Irving

Tempo de preparo: 45 minutos **Tempo total:** 1 hora e 30 minutos **Rendimento:** 36 biscoitos

" 'Claro que ficarei para o chá', disse Anne, com alegria. 'Estava louca para ser convidada. Estou com água na boca, querendo mais dos deliciosos biscoitos amanteigados de sua avó desde que tomei chá aqui da outra vez.' "

—Capítulo 19

INGREDIENTES
1 xícara (240 g) de manteiga amolecida
½ xícara (60 g) de açúcar de confeiteiro
2 xícaras (240 g) de farinha de trigo, mais um pouco para enfarinhar
1 pitada de sal
¼ colher de chá de fermento em pó
Açúcar para polvilhar

Você vai precisar de
- Batedeira
- Rolo de massa
- Cortadores de biscoitos

1. Pré-aqueça o forno a 180°C.

2. Com a batedeira, bata a manteiga em uma tigela grande até ficar macia, lisa e fofa. Acrescente o açúcar de confeiteiro aos poucos e bata até ficar liso.

3. Junte a farinha, o sal e o fermento em pó em uma tigela média. Misture com um garfo.

4. Acrescente a mistura de farinha à mistura de manteiga e mexa bem até ficar homogêneo.

5. Vire a massa sobre uma tábua ou superfície levemente enfarinhada. Passe farinha em um rolo e abra a massa, deixando-a com cerca de 6 mm de espessura.

6. Com cortadores de biscoitos de qualquer formato, corte a massa. Volte a enrolar as sobras de massa e continue cortando até ter usado tudo.

7. Com uma espátula de metal, pegue os biscoitos e coloque-os em uma assadeira não untada. Disponha-os com cerca de 13 mm de distância uns dos outros. Espete cada biscoito duas vezes com um garfo e polvilhe um pouco de açúcar.

8. Asse os biscoitos por 15 a 20 minutos, até ficarem levemente dourados nas bordas.

9. Use luvas de forno para retirar a forma de biscoitos de dentro do forno. Com a espátula de metal, coloque os biscoitos imediatamente em um prato. Sirva morno ou frio.

SOBREMESA DE CARAMELO *Cremosa*

Tempo de preparo: 30 minutos **Tempo total:** 1 hora e 30 minutos (incluindo o tempo para gelar) **Rendimento:** 4 a 6 porções

" 'Queria que as pessoas pudessem viver só de doces. Por que não pode ser assim, Marilla? Quero saber.' "

—Davy Keith, capítulo 27

INGREDIENTES

2 ovos
1 xícara (225 g) de açúcar mascavo
2 colheres de sopa (30 ml) de amido de milho
¼ colher de chá de sal
2 xícaras (475 ml) de leite
2 colheres de sopa (30 g) de manteiga
1 colher de chá de essência de baunilha
Chantilly para servir (opcional)

1. Quebre os ovos e separe as gemas das claras em 2 tigelas pequenas. Bata as gemas com o garfo e reserve-as. (Você pode usar as claras em outra receita ou descartá-las.)

2. Misture o açúcar mascavo, o amido de milho e o sal em uma panela de tamanho médio. Com uma colher de pau, acrescente o leite aos poucos.

3. Leve a panela ao fogo médio. Cozinhe e mexa até a mistura ficar espessa e borbulhar, de 10 a 15 minutos. Mexa e cozinhe por mais 2 minutos, depois retire a panela do fogo.

4. Mergulhe uma xícara medidora na mistura quente e retire cerca de 1 xícara (235 ml). Muito lentamente, adicione o líquido quente da xícara às gemas; a seguir, mexa a mistura de gemas quentes em uma panela grande. Mexendo sem parar, cozinhe em fogo médio por mais 2 minutos.

5. Retire a panela do fogo e acrescente a manteiga e a essência de baunilha. Mexa com a colher de pau até a manteiga derreter.

6. Despeje o creme em uma tigela de servir. Para evitar que se forme uma película na superfície, coloque cuidadosamente um pedaço de plástico-filme em cima do creme quente e esfrie na geladeira por cerca de 1 hora.

7. Na hora de servir, retire o plástico e coloque colheradas do creme em tigelinhas. Cubra com chantilly se quiser.

RECEITAS DE
Anne de Windy Poplars

BOLO DE LIBRA da Senhorita Ellen

Tempo de preparo: 15 minutos **Tempo total:** 1 hora e 30 minutos **Rendimento:** 1 bolo de 13 x 23 cm

" 'Queria conseguir a receita do bolo da senhorita Ellen', suspirou tia Chatty. 'Ela prometeu muitas vezes, mas nunca dá. É uma antiga receita inglesa de família. Eles são muito reservados com suas receitas.' "

—O primeiro ano, capítulo 2

INGREDIENTES

1 xícara (240 g) de manteiga amolecida, mais um pouco para untar
1¾ xícara (210 g) de farinha de trigo, mais um pouco para enfarinhar a forma
1½ xícara (250 g) de açúcar
6 ovos grandes
1 colher de chá de essência de baunilha
½ colher de chá de sal

Você vai precisar de
- Forma de 13 x 23 cm
- Batedeira

O nome é "bolo de libra" porque o costume era adicionar todos os ingredientes na quantidade de uma libra (454 g). Essa versão é mais prática.

1. Pré-aqueça o forno a 170°C. Unte com manteiga e enfarinhe uma forma de 13 x 23 cm.

2. Na batedeira, bata a manteiga até ficar lisa e fofa. Acrescente o açúcar, um pouco por vez, batendo até ficar leve e espumando.

3. Acrescente os ovos, um por vez. Bata bem depois de acrescentar cada ovo. Acrescente a essência de baunilha.

4. Adicione a farinha e o sal e mexa com uma colher de pau. Misture bem.

5. Despeje a massa na forma. Alise a parte de cima com uma espátula e asse o bolo por 75 a 90 minutos.

6. Fure o bolo com um palito de dente. Se não estiver pronto, teste de novo em 15 minutos. Use luvas para tirar a forma do forno. Deixe o bolo esfriar na forma por 10 minutos.

7. Passe a lâmina de metal de uma espátula ao redor das bordas do bolo para soltá-lo da forma. Vire o bolo na grelha e retire a forma com cuidado. Deixe esfriar totalmente.

8. Para servir, corte o bolo de libra em fatias finas com uma faca de pão.

MACAROONS de Coco

Tempo de preparo: 15 minutos **Tempo total:** 1 hora e 15 minutos (incluindo o tempo para esfriar) **Rendimento:** 18 macaroons

" 'Não, obrigada, Kate, não vou tomar mais chá... bem, talvez um macaroon. Eles não pesam no estômago, mas temo ter comido demais.' "

—Prima Ernestine Bugle,
O segundo ano, capítulo 8

INGREDIENTES
3 ovos grandes em temperatura ambiente
¼ colher de chá de cremor tártaro
¾ xícara (90 g) de açúcar de confeiteiro
2 xícaras (190 g) de coco ralado adoçado
½ colher de chá de essência de amêndoa

Você vai precisar de
- Batedeira

1. Pré-aqueça o forno a 150°C. Forre uma forma com papel-manteiga ou com uma folha de silicone.

2. Quebre os ovos e os separe, colocando as gemas em uma tigela pequena e as claras em uma tigela grande. Bata as claras em uma batedeira até espumar. Acrescente o cremor tártaro e bata as claras em neve. (Você pode usar as gemas em outra receita.)

3. Com uma espátula de silicone, incorpore cuidadosamente o açúcar de confeiteiro, o coco e o extrato de amêndoa às claras. Não mexa.

4. Coloque a massa às colheradas na forma preparada, com cerca de 2,5 cm de distância. Asse os macaroons por 30 a 35 minutos, até parecerem secos por cima.

5. Use luvas de forno para retirar a forma de biscoitos de dentro do forno. Umedeça um pano de prato e coloque-o sobre o balcão. Leve o papel-manteiga e os macaroons para o pano de prato. Deixe que esfriem totalmente. Solte os macaroons do papel-manteiga ou da folha de silicone e coloque-os em um prato.

BOLO DOS ANJOS com Laranja

Tempo de preparo: 35 minutos **Tempo total:** 2 horas e 30 minutos (incluindo o tempo para esfriar e colocar a cobertura)
Rendimento: bolo de 25 cm

" 'Rebecca Dew tem feito todos os meus pratos preferidos há uma semana... ela até reservou dez ovos para o bolo dos anjos *duas vezes*... e tem usado a porcelana das visitas.' "

—Anne Shirley,
O terceiro ano, capítulo 14

INGREDIENTES
Bolo dos anjos
1 xícara (120 g) de farinha de trigo
½ xícara (60 g) de açúcar de confeiteiro
½ colher de chá de sal
10 ou 11 ovos em temperatura ambiente
1 colher de chá de essência de baunilha
1 colher de chá de essência de laranja
1 colher de sopa (6 g) de raspas de casca de laranja
1½ colher de chá de cremor tártaro
1 xícara (200 g) de açúcar

1. Organize as grelhas do forno de modo que o bolo fique perto da parte de baixo. Pré-aqueça o forno a 180°C.

2. **Para fazer o bolo:** Peneire a farinha sobre um pedaço de papel-manteiga. Meça 1 xícara (120 g) e coloque-a na peneira de novo. Adicione o açúcar de confeiteiro e o sal na peneira. Peneire em outro pedaço de papel-manteiga. Peneire mais 4 vezes e reserve.

3. Quebre os ovos e separe-os, colocando as gemas em uma tigela pequena e as claras em uma tigela média. Certifique-se de que não haja gema nas claras. (Você pode usar as gemas em outras receitas ou descartá-las.) Meça 1½ xícara de claras (365 g) e coloque-as em uma tigela grande. Acrescente a essência de baunilha, o extrato de laranja e as raspas de laranja às claras.

4. Bata as claras em uma batedeira até espumarem. Acrescente o cremor tártaro e continue batendo até as claras ficarem firmes, mas ainda brilhantes.

5. Acrescente o açúcar, 2 colheres de sopa (25 g) por vez, às claras. Continue batendo até a mistura grudar nas laterais da tigela e estar firme, mas não seca.

6. Com uma espátula de silicone, incorpore a farinha peneirada e o açúcar de confeiteiro aos pouquinhos. Não mexa.

 continua

Cobertura de laranja
2 xícaras (200 g) de açúcar de confeiteiro
3 colheres de sopa (45 ml) de suco de laranja
1 colher de chá de essência de baunilha
Raspas da casca de 1 laranja

Você vai precisar de
- 1 forma redonda de 25 cm com furo

7. Despeje a massa em uma forma não untada. Passe uma espátula de metal na massa para remover bolhas grandes e alise a parte de cima delicadamente. Asse por 45 a 50 minutos.

8. Toque delicadamente a parte de cima do bolo. Se ela subir de volta, o bolo está pronto. Se seu dedo deixar uma marca, feche a porta do forno. Confira de novo em 5 minutos.

9. Use luvas de forno para retirar a forma do forno. Vire sobre uma grelha para esfriar. Deixe esfriar por cerca de 1 hora. Enquanto isso, faça a Cobertura de laranja.

10. **Para fazer a cobertura:** Coloque o açúcar de confeiteiro e o suco de laranja em uma tigelinha. Acrescente a essência de baunilha e mexa com uma colher de pau.

11. Acrescente as raspas de laranja à mistura. Mexa com a colher de pau.

12. Passe a lâmina de uma espátula de metal nas bordas e no centro da forma para soltar o bolo depois de frio. Vire-o e tire a forma com cuidado.

13. Coloque a cobertura por cima do bolo dos anjos às colheradas, espalhe até as bordas com a espátula de metal e deixe escorrer pelas laterais.

" "Pela minha experiência, quase sempre se pode aproveitar as coisas quando se decide com firmeza que se vai aproveitar. É claro que se deve decidir *com firmeza*.' "

—Anne Shirley, **Anne de Green Gables**, capítulo 5

RECEITAS DA
Cozinha de
L.M. Montgomery's

BOLINHOS DE PEIXE NORTH SHORE da Rachel Lynde

Tempo de preparo: 30 minutos **Tempo total:** 1 hora e 15 minutos **Rendimento:** 8 bolinhos de peixe

Há muitos motivos para visitar a Ilha do Príncipe Eduardo: frutos do mar, belas praias, enseadas secretas, formações de arenito vermelho e, claro, a casa fictícia de *Anne de Green Gables*.

INGREDIENTES

Purê de batatas
2 ou 3 batatas (para 2 xícaras, ou 450 g, de purê de batata)
2 colheres de sopa (30 g) de manteiga
¼ xícara (60 ml) de leite integral

Bolinhos de peixe
1 ou 2 filés de bacalhau ou hadoque (para 2 xícaras, ou 400 g, de peixe cozido)
Água
2 ovos
1 cebola pequena picada
1 colher de sopa (15 ml) de mostarda Dijon
Sal a gosto
Pimenta-do-reino a gosto
½ xícara (30 g) de migalhas de pão fresco
1 a 2 colheres de sopa de óleo vegetal (15 a 30 ml) ou manteiga (15 a 30 ml) para fritar
Limões cortados em quatro partes para servir

1. **Para fazer o purê de batatas:** Descasque e corte as batatas em pedaços pequenos. Cozinhe as batatas em uma panela média com água com sal. Quando conseguir inserir um garfo com facilidade nas batatas, elas estarão prontas. Escorra a água, a seguir acrescente a manteiga e o leite à panela. Misture com o amassador de batatas. Reserve.

2. **Para fazer os bolinhos de peixe:** Coloque o peixe em uma frigideira média e acrescente água suficiente para cobrir os filés. Escalfe o peixe até que possa tirar lascas com um garfo. Escorra a água e amasse o peixe. Acrescente o peixe ao purê de batatas. Misture.

3. Quebre os ovos em uma tigelinha. Acrescente os ovos, a cebola picada, a mostarda Dijon, o sal e a pimenta-do-reino às batatas e ao peixe. Misture todos os ingredientes.

4. Molde a mistura em bolinhos de cerca de 7,5 cm.

5. Espalhe as migalhas de pão sobre uma assadeira, depois cubra os dois lados de cada bolinho com elas.

6. Coloque o óleo vegetal em uma frigideira grande e frite os bolinhos de peixe até ficarem com um belo tom dourado.

7. Sirva imediatamente com os pedaços de limão.

BATATAS-DOCES de Fogo e Orvalho

Tempo de preparo: 10 minutos **Tempo total:** 1 hora e 10 minutos **Rendimento:** 4 porções

> "As boas estrelas se encontraram em seu horóscopo, Fizeram-na de espírito, fogo e orvalho..."
>
> "EVELYN HOPE", DE ROBERT BROWNING, UM DOS POETAS PREFERIDOS DE L. M. MONTGOMERY

INGREDIENTES

2 batatas-doces de bom tamanho
1 colher de sopa (15 g) de manteiga, mais um pouco para untar e cobrir
2 colheres de sopa (30 g) de leite integral
1 ovo batido
Sal a gosto
Pimenta-do-reino a gosto

1. Pré-aqueça o forno a 200°C.

2. Lave e esfregue as batatas-doces, coloque-as em uma assadeira. Asse no forno até ficarem macias, cerca de 40 minutos. Use luvas de forno para retirar as batatas do forno. Não desligue o forno.

3. Corte as batatas ao meio no sentido do comprimento.

4. Retire o miolo das batatas com uma colher, mantendo as cascas intactas, e coloque-o em uma tigela pequena. Reserve as cascas. Adicione a manteiga e o leite ao miolo. Misture bem. Incorpore o ovo batido e tempere com sal e pimenta-do-reino.

5. Recoloque a mistura nas cascas reservadas, coloque-as na assadeira e pincele um pouco de manteiga por cima.

6. Asse por 15 a 20 minutos, até aquecer e a crosta dourar levemente.

7. Sirva imediatamente com um pouco de manteiga por cima.

TORTA DO PASTOR DE OVELHAS de Green Gables

Tempo de preparo: 15 minutos **Tempo total:** 1 hora e 30 minutos **Rendimento:** 4 a 6 porções

Antigamente esse prato era preparado com sobras de carne assada. O nome é Torta do pastor de ovelhas porque originalmente era preparado com cordeiro, mais acessível para os trabalhadores rurais que cuidavam das ovelhas.

INGREDIENTES
4 batatas médias
1 colher de sopa (15 g) de manteiga, mais um pouco para salpicar
2 colheres de sopa (30 ml) de leite integral
1 colher de sopa (15 ml) de óleo vegetal
2 cebolas médias picadas
455 g de carne moída
1 colher de chá de molho inglês
1 cubo de caldo e água
2 colheres de sopa de amido de milho ou outro espessante
¼ xícara (60 ml) de água fria
1 xícara (220 g) de seleta de legumes congelada
Sal a gosto
Pimenta-do-reino a gosto

Você vai precisar de
- Travessa ou prato de assar (1,5 litro)

1. Pré-aqueça o forno a 180°C.

2. Descasque e corte as batatas em pedaços pequenos. Ferva as batatas em uma panela média com água e sal. As batatas estarão prontas quando você conseguir espetá-las facilmente com um garfo. Escorra a água, a seguir acrescente a manteiga e o leite à panela. Misture com um amassador de batatas. Reserve.

3. Aqueça o óleo vegetal em uma frigideira grande. Junte as cebolas e refogue, mexendo, até que amoleçam. Acrescente a carne moída, desmanchando-a com uma colher de pau. Cozinhe até a carne dourar. Adicione o molho inglês.

4. Para fazer o ensopado, acrescente o cubo de caldo de carne e a água necessária, de acordo com as instruções da embalagem. Cozinhe por 15 minutos.

5. Em uma tigela pequena, misture o amido de milho e a água fria. Aos poucos adicione a mistura à frigideira com a carne quente, mexendo sempre, até engrossar.

6. Acrescente a seleta de legumes congelada e tempere com sal e pimenta-do-reino. Misture.

7. Escorra o molho da panela e reserve.

8. Transfira a mistura de carne para uma travessa e espalhe o purê de batatas por cima. Salpique um pouco de manteiga sobre as batatas e asse por 30 minutos. Use luvas de forno para retirar a travessa do forno.

9. Sirva imediatamente com o molho reservado.

KETCHUP Cavendish

Tempo de preparo: 20 minutos **Tempo total:** 2 horas **Rendimento:** 2½ xícaras (360 g)

A cidade de Avonlea nos livros *Anne de Green Gables* é baseada em Cavendish, terra natal de L. M. Montgomery, uma bela comunidade rural na costa norte da Ilha do Príncipe Eduardo.

INGREDIENTES

12 tomates-cereja ou tomates pequenos
1 cebola pequena picada
¾ xícara (170 g) de açúcar mascavo
1 xícara (235 ml) de vinagre branco
1 colher de sopa (15 ml) de sal
½ colher de sopa de mostarda em pó
1 colher de chá de canela em pó
½ colher de chá de páprica

1. Ferva água em uma panela média. Na base de cada tomate, faça um X com uma faca para legumes afiada.

2. Mergulhe cada tomate na água fervente por cerca de 30 segundos, até ver que a pele está se soltando. Use uma escumadeira e mergulhe um tomate por vez. Reserve-os em uma tábua de cortar para que esfriem.

3. Pele os tomates frios, depois pique-os.

4. Coloque a cebola, o açúcar mascavo, o vinagre, o sal, a mostarda, a canela e a páprica em uma panela de tamanho médio. Deixe a mistura ferver, a seguir cozinhe em fogo baixo por cerca de 1 hora, até a mistura se reduzir à metade.

5. Retire do fogo e deixe esfriar.

6. Sirva com o Sanduíche gostoso de pão biscuit do Matthew Cuthbert (página 59); veja o ketchup naquela foto).

7. Guarde em um pote bem vedado na geladeira por até 8 semanas.

Agradecimentos

Gostaria de estender meus sinceros agradecimentos a Sally Keefe Cohen por todo seu esforço e ajuda para tornar este livro realidade. Também quero estender minha gratidão a Jeannine Dillon e à equipe da Race Point Publishing, incluindo Erin Canning, Merideth Harte e Jen Cogliantry. Por último, gostaria de agradecer ao fotógrafo Evi Abeler e à produtora de pratos Michaela Hayes por fazerem a comida de *Anne de Green Gables* ganhar vida nestas páginas.

Sobre a autora

Crédito da foto: Diane Trojan

Graduada em nutrição, Kate Macdonald tem um interesse muito especial pelo *Livro de receitas de Anne de Green Gables* – ela é neta de L. M. Montgomery. Kate é filha de Ruth Macdonald e Dr. Stuart Macdonald, que era o filho mais novo de L. M. Montgomery.

Kate é presidente da Heirs of L. M. Montgomery Inc., empresa familiar que cuida de todos os assuntos e projetos relacionados a L. M. Montgomery. Também atua na L. M. Montgomery Society de Ontário, na L. M. Montgomery Heritage Society da Ilha do Príncipe Eduardo e na Anne of Green Gables Licensing Authority Inc. Ela gerencia o escritório desta última em Toronto.

Sobre L. M. Montgomery

L. M. (Lucy Maud) Montgomery (1874–1942) nasceu em Clifton (agora New London), na Ilha do Príncipe Eduardo. Sua mãe morreu de tuberculose quando Montgomery tinha um ano e 11 meses, deixando-a aos cuidados dos avós maternos em Cavendish.

Montgomery era uma criança criativa, que começou a escrever poesia e um diário aos nove anos de idade. Quando tinha dezesseis anos, sua primeira publicação, um poema intitulado "On Cape LeForce", foi publicado no jornal da Ilha do Príncipe Eduardo. Montgomery completou o curso de magistério no Prince of Wales College, formando-se com honras em um ano, e não dois.

Montgomery lecionou em três escolas da Ilha do Príncipe Eduardo e tirou licença de um ano para estudar na Universidade Dalhousie, em Halifax, Nova Escócia, algo raro para uma mulher naquela época. A carreira de professora de Montgomery foi interrompida em 1898, quando ela voltou a Cavendish para cuidar da avó após a morte do avô. Ao longo dos treze anos em que cuidou da avó, Montgomery teve na escrita um meio de renda.

Em 1905, ela escreveu *Anne de Green Gables*, mas o livro foi rejeitado por diversas editoras. Depois de deixar o manuscrito de lado por dois anos, ela voltou a buscar uma editora e teve sucesso na Page Company de Boston, Massachusetts, que o publicou para grande aclamação em 1908.

Após a morte de sua avó, Montgomery casou-se com o reverendo Ewan Macdonald em 1911, embora já fossem noivos em segredo desde 1906. Montgomery deixou definitivamente a Ilha do Príncipe Eduardo, voltando apenas nas férias, e viveu em Ontário, para onde o trabalho de ministro presbiteriano de seu marido os levou. O casal teve três filhos: Chester (1912), Hugh (natimorto em 1914), e Stuart (1915). Montgomery continuou a escrever ao longo dos anos enquanto cuidava da casa.

Ela está enterrada no cemitério de Cavendish, na Ilha do Príncipe Eduardo.

Foto ao lado: L. M. Montgomery em 1904, aos 30 anos.

ÍNDICE

As referências de página em *itálico* indicam fotografias.

A

Anne de Avonlea (Montgomery), receitas de 12, 60–79
Anne de Green Gables (Montgomery), receitas de 12, 18–59
Anne de Windy Poplars (Montgomery), receitas de 12, 80–89
Anne, Bolo de linimento da Anne 46, *47*, 48
Avonlea 29, 36, 98

B

Barquinhas de pepino *74*, 75
Barry, Diana 36, 69
Batatas-doces de fogo e orvalho *94*, 95
Baunilha, Sorvete de baunilha leve e cremoso *20*, 21, 26–27
Biscoito amanteigado delicioso da senhora Irving 76, 77
Biscoito de gengibre marítimo *34*, 35
Biscoitos rubros para o chá da tarde 52, *53*, 54
Bolinhos de maçã fofinhos 20, 21
Bolinhos de peixe North Shore da Rachel Lynde 33, 92, *93*
Bolo de chocolate do gnomo *42*, 43–44
Bolo de libra da senhorita Ellen 82, *83*
Bolo de linimento da Anne 46, *47*, 48
Bolo dos anjos com laranja 86, *87*, 88
Browning, Robert: "Evelyn Hope" 95
Bugle, prima Ernestine 85

C

Caramelo, Sobremesa de caramelo cremosa *78*, 79
Caramelos de chocolate 22, *23*
Carinhas de macaco de Davy e Dora *62*, 63
Cavendish, Ilha do Príncipe Eduardo 98
Cavendish, Ketchup Cavendish *58*, 98

Chá da tarde, Biscoitos rubros para o chá da tarde 52, *53*, 54
chocolate:
    Caramelos de chocolate 22, *23*
    Bolo de chocolate do gnomo *42*, 43–44
Coco, Macaroons de coco *84*, 85
Copp, senhorita Sarah 75
Cuthbert, Marilla 11, 12, 27, 35, 36, 39, 45, 46, 51, 52, 59, 63, 79
Cuthbert, Matthew 59, 63, 98

D

Dicas de culinária 15
Davy e Dora, Carinhas de macaco de Davy e Dora *62*, 63
Dew, Rebecca 86
Diana Barry, Refresco de framboesa preferido da Diana Barry 36, *37*

F

Frango picante *70*, 71
framboesa:
    Refresco de framboesa preferido da Diana Barry 36, *37*
    Tortinhas de framboesa fascinantes *28*, 29–30

G

Gengibre, biscoito de gengibre marítimo *34*, 35
Gilbert, Jantar apressado do Gilbert *32*, 33
Green Gables, Torta do pastor de ovelhas de Green Gables 96, *97*

J

Jantar apressado do Gilbert *32*, 33

K

Keith, Davy 79
Ketchup Cavendish *58*, 98

L

Laranja, Bolo dos anjos com laranja 86, *87*, 88
Legumes, Sopa de legumes espessa e cremosa 72, *73*
Libra, Bolo de libra da senhorita Ellen 82, *83*
Limonada à moda antiga 66, *67*
Linimento, Bolo de linimento da Anne 46, *47*, 48
Lynde, senhora Rachel 63, 92

M

Maçã, Bolinhos de maçã fofinhos 20, 21
Macaroons de coco *84*, 85
Macarrão de forno da senhorita Stacy *50*, 51
Marilla, Sobremesa de passas da Marilla *38*, 39–40
Milho, Suflê de milho ensolarado *24*, 25
Montgomery, L. M. 12, 95, 98, 107, *108*, 109
    Receitas da cozinha de L. M. Montgomery 90–99

O

Ovos, Sanduíches de salada de ovos poéticos 64, *65*

P

Passas, Sobremesa de passas da Marilla *38*, 39–40
Peixe, Bolinhos de peixe North Shore da Rachel Lynde 33, 92, *93*
Pepino, Barquinhas de pepino *74*, 75

R

Rachel Lynde, Bolinhos de peixe North Shore da Rachel Lynde 33, 92, *93*
receitas 18–99
    da cozinha de L. M. Montgomery 90–99
    de *Anne de Avonlea* 60–79
    de *Anne de Green Gables* 18–59
    de *Anne de Windy Poplars* 80–89
Refresco de framboesa preferido da Diana Barry 36, *37*

S

Salada de alface esplêndida *68*, 69
Sanduíche gostoso de pão biscuit do Matthew Cuthbert *58*, 59
Sanduíches de salada de ovos poéticos 64, *65*
Senhora Irving, Biscoito amanteigado delicioso da senhora Irving 76, *77*
Senhorita Ellen, Bolo de libra da senhorita Ellen 82, *83*
Senhorita Stacy, Macarrão de forno da senhorita Stacy *50*, 51
Shirley, Anne 11, 12, 21, 22, 25, 26, 27, 33, 39, 40, 43, 45, 46, 49, 51, 52, 56, 59, 63, 64, 66, 69, 72, 76, 86, 89, 112
Sobremesa de caramelo cremosa *78*, 79
Sobremesa de passas da Marilla *38*, 39–40
Sopa de legumes espessa e cremosa 72, *73*
Sorvete de baunilha leve e cremoso *20*, 21, 26–27
Suflê de milho ensolarado *24*, 25

T

Termos de culinária 16
Tomates fatiados White Sands 56, *57*
Torta do pastor de ovelhas de Green Gables 96, *97*
Tortinhas de framboesa fascinantes *28*, 29, 30

W

White Sands, Tomates fatiados White Sands 56, *57*

" 'Eu me diverti esplendorosamente', concluiu ela com felicidade, 'e sinto que marca uma época de minha vida. Mas o melhor de tudo foi voltar para casa.' "

—Anne Shirley, *Anne de Green Gables*, capítulo 29